Spitzbubenaffären

Ralf Weber

Spitzbubenaffären

**Ein Advents-Kurzkrimi aus dem Oberba-
selbiet**

FSC
www.fsc.org
MIX
Papier aus ver-
antwortungsvollen
Quellen
Paper from
responsible sources
FSC® C105338

Personen und Handlungen sind frei erfunden.
Ähnlichkeiten mit lebenden oder toten Personen
sind rein zufällig und nicht beabsichtigt.

Bibliografische Information der Deutschen Nationalbibliothek: Die Deutsche Nationalbibliothek verzeichnet diese Publikation in der Deutschen Nationalbibliografie; detaillierte bibliografische Daten sind im Internet über dnb.dnb.de abrufbar.

© 2017 Ralf Weber
Herstellung und Verlag: BoD – Books on Demand, Norderstedt.

ISBN: 978-3-7460-1793-8

1

Samstag, 9. Dezember 2017

Der Sturm vom Vorabend hatte sich
in der Nacht gelegt und einer Kaltfront
den Weg gebahnt. Es hatte den ganzen
Herbst immer wieder Stürme gegeben
und so begleiteten knarrende Balken und
umherfliegende Gegenstände die unruhi-
gen Nächte. Niemand glaubte an den
vorausgesagten Wintereinbruch. Aber
schon kurz vor Mitternacht hatte der
Sturm, beinahe von einer Minute auf die
andere, das Land verlassen, hatte sich
sozusagen aus dem Staub gemacht. Beinahe bedrückend still war es in der Folge
geworden. Nur um sicherzugehen nicht
alles zu träumen, schob Paula um ein

Uhr früh das Rollo ihres Dachfensters direkt über ihrem Bett hoch. Die Matratze gab nach, als sie auf den Zehenspitzen durch den kleinen Spalt schielte. Tatsächlich tanzten Schneeflöckchen über die Scheibe. Der Winter war da! Freudig wippte Paula auf der Matratze und schob das Rollo ganz nach oben. Sie kuschelte sich unter die Decke und beobachtete, wie die Schneeflocken auf der Scheibe über ihr zuerst verwässerten und zu Wasser wurden. Schnell wurden es aber immer mehr und so begannen die Schneeflocken einen leichten Film am unteren Ende der Scheibe zu bilden, der langsam breiter wurde. Noch ehe das ganze Glas bedeckt war, schlief Paula ein.

2

Ein ungewohntes, kratzendes Geräusch weckte Paula schon sehr früh am Morgen auf. Ihr Handy Display zeigte 05:30 Uhr. Den Wecker hatte sie auf halb sieben gestellt. Tatsächlich war einer ihrer Nachbarn bereits daran, den Hausplatz vom Schnee zu befreien. Das Licht des Handydisplays reichte aus um zu erkennen, dass sich auf dem Dachfenster eine stattliche Schneeschicht gebildet hatte. Der Schnee hatte die Landschaft mit einer schallisolierenden Decke überzogen. Selbst die auf der nahen Hauptstraße fahrenden Autos waren nur schwer wahrzunehmen, als würden sie einen halben Zentimeter über dem Boden vorbeischweben.

Umso lauter war das Kratzen der Schneeschaufel auf dem kalten Asphalt zwischen den Hausfassaden ihres Mehrfamilienhaus-Quartiers. Paula steckte sich die Kopfhörer in die Ohren und aktivierte ihre »Einschlaf-Playlist«. Die Lautstärke wählte sie nur gerade so laut, um das Kratzen der Schaufel zu übertönen.

Dem Winterdienst hatte sie es schließlich zu verdanken, an diesem Morgen nicht zu verschlafen. Orangefarbene Drehlichter wirbelten in ihrem Zimmer an der Decke und den Wänden entlang und weckten sie auf. Es stand ein arbeitsreiches Wochenende vor ihr. Man hatte sie im Schuhgeschäft mit dem Herrichten des Ladens beauftragt für den traditionellen »Winter-Gwärb-Sunntig«, der alljährlich im Advent stattfand. Die

Läden in Gelterkinden hatten jeweils an diesem Sonntag geöffnet. Zudem waren Marktstände im Dorf aufgebaut vom Dorfplatz bis zum Allmend Markt. Der Anlass erfreute sich in den letzten Jahren zunehmender Beliebtheit bei Jung und Alt. Paula freute sich auf diesen Anlass und war stolz, als ihr Chef sie mit dieser Aufgabe betreute. Zusammen mit ihren Kolleginnen hatte sie in den letzten Tagen begonnen, den Laden für den Anlass zu dekorieren. Schon während ihrer Lehre zur Detailhandelsangestellten liebte sie es, das Schaufenster zur Poststraße hin zu schmücken und umzugestalten. Für dieses Jahr hatte man bei einer Dekorationsfirma übergroßes Weihnachtsgebäck aus Polystyrol erworben. So warteten in ihrem überfüllten Lager unzählige Spitzbuben, Änisbrötli, Brunsli und

Mailänderli darauf, im Laden aufgehängt zu werden. Voller Vorfreude sprang Paula aus dem Bett.

3

Der frische Schnee knirschte unter Paulas neuen Winterstiefeln. Kratzende Schneeschaufeln begleiteten sie entlang der Allmendstrasse an deren Ende sich ihr Schuhgeschäft befand. Der Laden befand sich an zentraler Lage im Allmend Markt, einem kleinen Einkaufscenter eines Großverteilers.

Eine Katze, die sich durch die noch ungewohnte Umgebung schlich, kreuzte ihren Weg am Ende der Straße. Vorsichtig drängten sich Fahrzeuge auf der schneebedeckten Fahrbahn durchs Dorf. Rund um das Einkaufscenter wurde es lebhafter. Der Unterhaltsdienst des Centers war mit einem kleinen Traktor daran, die Umgebung vom Schnee zu befreien. Ein Angestellter des Großverteilers streute Salz auf die Gehwege und die Treppen. Ein Pikett Fahrzeug einer Heizungsfirma bog in die Turnhallenstrasse ein. Unter dem schützenden Vordach ihres Ladens klopfte sich Paula den Schnee von den Stiefeln. Sie gönnte sich ihre zweite Zigarette des Tages und wankte, mit Blick zum Boden, in der Kälte hin und her wie der Pendel einer Standuhr. In einer Hand hielt sie die Zigarette, während sie mit der anderen ihr Handy kontrollierte. Zwei neue WhatsApp Nachrichten hatten sie erreicht. Sie las die Nachrichten auf dem Sperrbildschirm.

Bojana, ihre Lehrtochter, meldete sich zu verspäten, weil der Zug aus Liestal nicht pünktlich war. Die Nachricht war geschmückt mit unzähligen Smileys. Die zweite Nachricht war von Sam, ihrem neuen Verehrer. Seit dem vorletzten Wochenende bombardierte er sie mit Nachrichten. Sie hatte ihn an der Chlausen-Party im benachbarten Rickenbach kennengelernt.

Die Nachricht war länger, als der Platz auf dem Sperrbildschirm zuließ und so musste Paula beide Hände gebrauchen, um das Gerät zu entsperren und die Nachricht aufzurufen. Die Zigarette steckte sie sich dazu in den Mund und der Rauch brannte für einen kurzen Moment in ihren Augen. Leicht genervt ließ sie das Handy danach in ihre Manteltasche plumpsen. Zu aufdringlich kam er ihr herüber. Sie fand ihn zwar süß mit seiner blonden Knabenfrisur, aber seine Unreife schreckte sie ab. Sie würde sich später eine Antwort ausdenken, um ihm klar zu machen, dass sie kein Interesse an ihm hatte, ohne ihm weh zu tun. Mit einem Seufzer blies sie den letzten Zug ihrer Zigarette aus.

4

Zusammen mit Fabienne und der verspäteten Bojana hatte Paula abwechslungsweise den Laden dekoriert und Kunden bedient. Der Schneefall hatte etwas nachgelassen und allmählich normalisierte sich das Alltagsleben. Die Schneepflüge waren zur Ruhe gekommen und die Autofahrer hatten sich an die rutschigen Straßen gewöhnt. Passanten, in dicke Mäntel eingehüllt, stapften emsig und unaufhörlich vor ihrem Schaufenster vorbei. Kinder warfen Schneebälle und die Knaben versuchten ihre Kameradinnen mit Schnee einzureiben. Die Mädchen kreischten.

»Der Kerl dort ist mir unheimlich. Er steht schon die längste Zeit vor der

Rampe und isst Erdnüsse.« Bojana deutete auf einen schlanken, großgewachsenen Mann, während sie mit Paula im Schaufenster stand und einen Deko-Spitzbuben hielt. Paula fädelte einen Nylonfaden in die Aufhängeöse ein und warf einen Blick auf den Mann.

»Ach wo, was du wieder fantasierst.«

»Nein im Ernst, der Typ macht mir Angst.« Paula lächelte und nahm Bojana den Spitzbuben ab, legte ihn auf den Boden und kletterte aus dem Schaufenster in den Laden zurück.

»Was hast du vor?« rief ihr Bojana nach. »Rauchpause«, winkte ihr Paula zu. Bojana beobachtete, wie Paula sich in ihren Mantel warf und nach draußen ging. Während sie bei ihr am Schaufenster vorbeihuschte, zwinkerte Paula mit den Augen. Bojana schüttelte den Kopf.

»Du willst doch nicht…«, flüsterte sie zu sich. »Sie macht's tatsächlich«, bestätigte sie sich. Paula stellte sich neben den Mann mit den Erdnüssen und tatsächlich wendete sich dieser ein wenig von ihr ab. Jetzt konnte Bojana sein Gesicht sehen. Ohne Unterbruch schälte der Mann Erdnüsse und stopfte sie sich in den Mund. Die Schalen ließ er achtlos auf den Boden fallen. Sein Gesicht war ungepflegt und voller roter Pusteln. Er trug einen grünen Rollkragen-Pullover unter einer schwarzen Fleece-Jacke. Seine Jeans waren schmutzig und abgenutzt. Ebenso seine knöchelhohen Converse. Bojana glaubte das Gesicht schon einmal gesehen zu haben, konnte es aber nicht zuordnen.

Paula machte Faxen hinter dem Mann, in dem sie Grimassen schnitt und sich immer wieder die Nase zudrückte. Offenbar roch der Mann nicht gerade appetitlich. So entfernte sich Paula vom Unbekannten und ging ein paar Schritte weiter, um zwei Kolleginnen des benachbarten Coiffeurladens zu begrüßen, die ebenfalls eine Rauchpause einlegten. Bojana versuchte sich in der Zwischenzeit wieder auf ihre Arbeit zu konzentrieren und hängte den Spitzbuben an die Decke.

5

Der Mann mit den Erdnüssen war wieder verschwunden und hinterließ einen beachtlichen Haufen Erdnussschalen am Boden. Paula foppte Bojana deswegen den ganzen Vormittag und erschreckte sie zudem mit einer Erdnuss, die sie hinter Bojanas Rücken zerdrückte.

Die Stimmung war allmählich überdreht und so schickte Fabienne, die Dienstälteste unter ihnen, Bojana kurz vor zwölf Uhr in die Mittagspause. Bald war der Laden fertig dekoriert. Überall hing übergroßes Weihnachtsgebäck von der Decke. Einen Spitzbuben hatte man in die Mitte des Raumes gestellt und mit zwei Stapeln Schuhkartons eingeklemmt.

Um halb eins betrat Bojana den Laden wieder. Sie schüttelte sich den frischen Schnee aus ihren langen schwarzen Haaren. Bojana hatte kroatische Wurzeln und zog mit ihren dunklen Augen und ihrer guten Figur stets Männerblicke auf sich.

»Willst du eine Erdnuss zum Nachtisch?« provozierte Paula sie und streckte ihr eine entgegen. Bojana schnitt eine Grimasse mit ausgestreckter Zunge.

»Paula und ich gehen jetzt in die Mittagspause. Es ist grad ruhig. Ist das ok für dich? Wir machen ganz schnell,« rief Fabienne. Bojana nickte. Während der Mittagszeit war wenig los im Laden und sie konnte ohne weiteres alleine aufpassen. Zudem konnte sie die Zeit nutzen, um mit ihrem neuen Freund weiter zu chatten, ohne dass Fabienne oder Paula sie dabei erwischen konnten. Sie winkte den beiden hinterher und stütze sich auf den Tresen neben der Kasse.

Ihre beiden Kolleginnen hatten den Laden durch den Seiteneingang verlassen, der in einen gedeckten Teil, einer Mall führte, wo sich der Eingang des Großverteilers, einer Bäckerei und eines Discounters befand.

Im Chat mit ihrem Freund vertieft überhörte Bojana beinahe die Türklingel, welche einen neuen Kunden oder eine Kundin ankündigte. Sie hob den Kopf an und erschrak beinahe zu Tode. Der unheimliche Mann mit den Erdnüssen hatte gerade den Laden betreten. Ihr Herz hämmerte und ihre Hände begannen zu zittern. Mit einem stechenden, ausdruckslosen Blick durchbohrte er sie stumm.

Bojana versuchte ihr Handy in die Gesäßtasche ihrer engen Jeans zu stecken. Dabei fiel es ihr zu Boden. Der Unbekannte blieb stehen und beobachtete sie, wie sie sich nach dem Handy bückte. Mutig schritt sie ihm bis auf zwei Meter entgegen und versuchte zu lächeln. Erst jetzt bemerkte sie den unangenehmen Geruch, den der Mann verbreitete und über den sich Paula zuvor lustig gemacht hatte.

»Kann ich ihnen helfen? Suchen sie etwas Bestimmtes?« Die Worte fielen ihr schwer und kamen verunsichert aus ihr heraus. Der Mann blickte sich um und deutete an, sich nur umsehen zu wollen. Bojana nickte, zog sich hinter den Tresen zurück und beobachtete den Mann, wie er durch die Regale schlich und begann Schuhe zu betrachten.

Mit zittrigen Händen öffnete Bojana WhatsApp auf ihrem Handy und wollte Paula schreiben.

»Er ist«, weiter kam sie nicht. Der Mann war direkt vor ihr aufgetaucht. Bojana schluckte. Wenn doch nur noch jemand sonst den Laden betreten würde oder ihre Kolleginnen zurückkämen. Aber es war wie verhext. Sie war alleine mit diesem Typen. Wieder versuchte Bojana zu lächeln. Der Unbekannte hielt ihr einen Winterstiefel entgegen, den er offenbar anprobieren wollte. Die Schnürsenkel waren aber nicht eingezogen, sondern waren nur durch die untersten beiden Ösen durchgezogen.

Warum redete der Mann nicht mit ihr? Woher kannte sie sein Gesicht? Sie deutete ihm an, sich hinzusetzen. Sie nahm den Schuh und ließ ihr Handy auf dem

Tresen liegen, dabei betätigte sie unbemerkt den Knopf für »senden«. Bojana riss sich zusammen und fädelte die Schnürsenkel mit zittrigen Händen ein. Sie kniete sich vor dem Unbekannten hin und steckte ihm den Schuh über den Fuß und hielt sich dabei den Atem an. Sie stand auf, ohne den Schuh zuzubinden und machte einen Schritt zurück. Genervt band der Unbekannte den Schuh selber zu und erhob sich. Wieder machte Bojana einen Schritt zurück. Wo hatte sie den Mann schon gesehen? Wer ist der Kerl? Krampfhaft versuchte sie, das Gesicht einzuordnen.

Der Unbekannte machte ein paar Schritte durch den Laden. Irgendetwas sagte Bojana, dass der Mann gar nicht am Schuh interessiert war. Sie kannte die Reaktionen der Kunden, wenn die Schuhe das erste Mal am Fuß waren. Konzentrierte Blicke auf Füße und Schuhe bei den ersten Schritten, ob der Schuh angenehm war oder nicht. Nicht aber bei diesem Mann. Er schlich förmlich durch die Gestelle und drehte sich ständig nach ihr um. Hoffentlich kamen ihre beiden Kolleginnen bald zurück. Die Zeit schien stehengeblieben zu sein. Für einen Moment hatte sie ihn aus dem Blick verloren und erschrak als er ihr plötzlich wieder gegenüberstand.

»Soll ich ihnen den Linken vorbereiten?« Der Mann nickte. Bojana suchte das Gestell mit den Schachteln dieser Stiefel ab. Das passende Gegenstück fand sie jedoch nicht.

»Muss ich leider im Lager holen, Entschuldigung.« Der Mann setzte sich wortlos wieder hin und Bojana eilte in den Lagerraum. Sie suchte die Lagergestelle nach dem passenden Modell ab, als der stechende Geruch erneut in ihre Nase drang. Sie drehte sich um und sah wie der Mann ihr gefolgt war und unter der Türe zum Lagerraum stand. Bojanas Herz klopfte bis in den Hals. Sie ließ die Schuhschachtel fallen. Eine Träne kullerte ihr über die Wange. Der Unbekannte machte einen Schritt auf sie zu, als die Türklingel ertönte. Der Mann fuhr herum und entfernte sich.

6

»Seltsam«, sagte Paula und zeigte Fabienne die kurze WhatsApp Nachricht von Bojana.

»Wurde vielleicht grad abgelenkt. Bestimmt ein Kunde oder eine Kundin«, erwiderte Fabienne. Die beiden hatten sich an einen Zweiertisch im Café der Bäckerei hingesetzt und ein Sandwich gegessen. Paula hatte zuvor noch Sam versucht klarzumachen, dass dieses und nächstes Wochenende nichts zu machen sei und dass sie aus persönlichen Gründen im Moment mit niemandem ausgehen wolle. Die Antwort ließ nicht lange auf sich warten. Sam schickte ihr ein trauriger Smiley.

»Wir sollten mal nach ihr schauen«, schlug Paula vor, während sie die Tasse mit dem frischen Kaffee hastig ansetzte.

»Aua, verdammt ist der heiß.« Kaffee schwappte über den Tassenrand.

»Na, na, das hat doch Zeit. Bojana kommt schon zurecht. Ansonsten ist sie ja schnell im Schreiben«, versuchte Fabienne zu beruhigen.

7

»Bin wieder da…a«, rief Paula in den Laden, als sie von ihrer Mittagspause kommend, die Türe aufstieß und die Türklingel auslöste.

Fabienne hatte die Mittagspause noch ein wenig ausgedehnt, in dem sie im Großverteiler noch ein paar Einkäufe tätigte. Paula befiel sofort ein ungutes Gefühl. Ein unangenehmer Geruch stieg ihr in die Nase. Genauso hatte doch der Unbekannte draußen gerochen, vor dem sich Bojana so fürchtete.

»Liebes, bist du hier? Bojana?« Paula hörte ein leises Schluchzen, beinahe ein verzweifeltes Wimmern. Vorsichtig tastete sich Paula durch den Laden. Ihr Herz pochte und ließ ihre Halsschlagader trommeln. Paula fand Bojana zusammengekauert am Boden sitzen. Zitternd hielt sie sich die Hände schützend vor das Gesicht.

»Mein Gott Kleines, was ist passiert?« Für einen Moment bemerkte Paula den penetranten Geschmack gar nicht, der in der Luft hing. Paula griff nach Bojanas Arm, als diese einen lauten Schrei ausstieß und mit zuckenden Bewegungen versuchte, jeglicher Berührung zu entkommen.

»Ich bin's Bojana, was ist denn los? Sprich mit mir.« Bojana machte eine hastige Handbewegung, um ihr zu zeigen, wovor sie sich so fürchtete. Erst jetzt sah Paula den leblosen Körper des Unbekannten. Er saß auf dem kleinen Polstermöbel, wo man sich hinsetzt um Schuhe anzuprobieren. Seine Position

30

war eher liegend als sitzend. Der Kopf hing in unnatürlich steilem Winkel nach hinten, der Blick beinahe hinter sich gerichtet, der Mund weit geöffnet. Ein doppelter Schnürsenkel hing um seinen blutunterlaufenen Hals. Der Mann musste mit den Schnürsenkeln erdrosselt worden sein.

Paula wurde von einer Panikwelle getroffen. Überstürzt rannte sie zur Kasse, wo sich der Ladenschlüssel befand. Beinahe blind hastete sie zu den beiden Ladentüren und verriegelte beide. »Was hast du vor?« stammelte Bojana, die noch immer weinend am Boden zwischen zwei Gestellen kauerte. Paula versuchte sie hochzuziehen. Bojana erschrak von Paulas Gesichtsausdruck. Sie stand unter Schock. »Wir müssen die Leiche verschwinden lassen, sofort«, zischte sie Bojana mit starrem Blick und stechenden Augen an.

»Du willst was?«

»Komm schon, wir müssen uns beeilen, bevor Fabienne zurück ist. Hilf mir.« Verängstigt erhob sich Bojana. Auf einmal war sie ruhiger. Paula handelte hysterisch und unter Schock.

»Nimm einen Arm, ich den anderen«, befahl sie. Bojana gehorchte. An beiden Armen zogen sie den unbekannten Toten durch den Laden. Passanten standen vor ihrem Schaufenster und redeten miteinander. Den Blick aber entweder zur Straße oder ins Gesicht ihrem Gegenüber gerichtet. Mit vereinten Kräften wuchteten sie den Mann in den Lagerraum hinter der Kasse und ließen ihn auf den Boden sinken.

»Sollten wir nicht die Polizei rufen?«
Bojana klang wie ein kleines Kind, das
vom schlechten Gewissen geplagt wurde, weil es einen Kaugummi unter die
Schulbank geklebt hatte.

»Bist du verrückt? Die hängen dir einen Mord an. Und morgen ist ein wich-
tiger Tag. Die Polizei würde uns den
Laden dichtmachen.«

»Aber ich habe den Typen doch nicht
umgebracht. Und wie kannst du jetzt
bloß an den ‚Winter-Gwärb-Sunntig‘
denken?« Paula hielt den Zeigefinger vor
den Mund. Jemand polterte an die Türe
des Seiteneingangs. Fabienne!

»Sonst ist sie nie so schnell«, wetterte
Paula, noch immer in einer Art hysteri-
schem Schock, nicht wissend was sie tat.

»Schnell, hol die Kartonschachtel dort.
Diejenige wo die Deko drin war.« Paula

deutete auf das Verpackungsmaterial ihres Dekogebäcks, welches sie schön ordentlich im Lager deponiert hatten. Sie würden die Dekoration nach Weihnachten wieder dort drin verstauen. Bojana scheffelte Plastik und Styropormaterial von einer großen Schachtel und zog die Schachtel zu sich. Wieder polterte es an der Tür des Seiteneingangs. Sie schoben die Leiche in eine Ecke und platzierten sie so, dass die Schachtel den leblosen Körper zu bedecken mochte. Sie steckten den Karton darüber und warfen das restliche Verpackungsmaterial darauf.

»Geh jetzt und öffne ihr die Türe. Sag ihr du hattest schlechte Nachrichten erhalten. Ich gehe raus und rauche eine Zigarette. Das wird schon, vertrau mir.«

8

Der Nachmittag zog sich endlos in die Länge. Die Arbeit und die Anwesenheit von Fabienne zwangen die beiden zur Normalität. Paulas Plan hatte geklappt. Fabienne merkte natürlich sofort, dass etwas nicht im Lot war. Aber Bojana tischte ihr eine Geschichte von einer kranken Großmutter auf und ließ sich von ihr trösten.

Paula versuchte Fabienne im Auge zu behalten sobald diese Anstalten machte, den Lagerraum zu betreten. Kurz vor Ladenschluss um vier Uhr nachmittags, begannen Paula und Bojana die Außenauslagen abzuräumen. Sie hatten vereinbart, sich um sieben Uhr am Abend zu treffen. Zu dieser Zeit waren auch der

Großverteiler und die anderen Läden geschlossen. Es war jeweils die ruhigste Zeit des Tages und dank der Jahreszeit war es dann schon dunkel.

Als die beiden das letzte Rollgestell in den Laden brachten, stellten sie fest, dass Fabienne nicht mehr im Laden war. Sie schauten einander stumm an. »Sie wollte doch die Kasse…« Ein rascheln- des Geräusch kam aus dem Hinterraum. Paula eilte in den Lagerraum. Das Blut gefror ihr beinahe in den Adern als sie sah, wie Fabienne daran war, das lose Verpackungsmaterial auf der Schachtel mit der Leiche zu durchwühlen. »Suchst du etwas?« heuchelte Paula. »Irgendet- was stinkt hier drinnen. Bestimmt wieder eine tote Maus. »Ähh… dort ist nichts. Das ist das Verpackungsmaterial der Dekoration. Ich glaube eher es kommt von da hinten.« Paula zeigte auf die entgegengesetzte Ecke des Lagerraumes. Fabienne wühlte unbeirrt weiter. Schließlich begann sie an der Schachtel zu ziehen.

»Schau hier!« Paula schrie beinahe. Fabienne drehte sich um und ließ von der Schachtel ab. Diese war aber bereits angekippt und während sie sich zu Paula wandte, rutschte ein Fuß der Leiche unter der Schachtel hervor.

»Der Gully ist es. Ist bestimmt wieder ausgetrocknet.« Das lenkte Fabienne genügend von der Schachtel ab. Schnuppernd näherte sie sich dem Dohlendeckel in der Mitte des Raumes.

»Ich glaube, du hast recht. Hätte mir auch in den Sinn kommen können. Der trocknet ständig aus. Ich werde einen Eimer Wasser reinfüllen. Wir wollen ja nicht morgen einen Leichengestank im Laden.« Fabienne begann laut zu lachen. Paula blies ihre Backen auf.

»Wo ist denn bloß der Eimer?« Fabienne suchte den Raum ab und ihr Blick streifte um ein Haar den unter der Schachtel herausragenden Fuß mit den abgelatschten Converse. Paula hatte versucht, sich möglichst geschickt davor zu stellen.

»Dort drüben steht er. Beim Ausguss.« Paula stand da, als wäre sie am Boden angewurzelt. Fabienne schenkte ihr einen etwas misstrauischen Blick. »Ist alles in Ordnung?« fragte sie. Paula nickte zögerlich. Beinahe wäre ihr eine Träne entwischt.

»Mach doch Feierabend, ich mach fertig und schließe ab. Du siehst etwas müde aus.«

»OK, mach ich. Vorher mache ich hier noch etwas Ordnung mit der Verpackung. Sonst stolpern wir noch drüber morgen.«

»Lieb von dir, danke.« Mit einer schnellen und geschickten Bewegung schob Paula den Fuß wieder zurück unter die Schachtel. Danach deponierte sie das restliche Verpackungsmaterial wieder darauf. Bojana beobachtete sie dabei mit verkrampftem Gesichtsausdruck unter der Türe zum Lagerraum, als plötzlich ein Handy klingelte. Zweifellos kam das Klingeln unter der großen Schachtel hervor. Der Klingelton war die Titelmelodie von »Bonanza«, einer 70er-Jahre Westernserie mit Lorne Greene. Es musste das Telefon des Toten sein.

»Nein, nein, nein, nein«, flüsterte Paula. Bojana schlug sich die Hände vor ihr

Gesicht. Fabienne leerte in diesem Moment einen Eimer Wasser in den Gully.

»Wessen Handy ist das? Hast *du* diesen albernen Klingelton, Paula? Wusste gar nicht, dass du Bonanza magst.« Paula fuchtelte mit ihren Armen. »Och... ja das ist ein Geschenk meiner... quatsch. Das, das Mist Ding muss mir aus der Hosentasche gerutscht sein.« Und während sie sich umdrehte und sich zum Verpackungsmaterial bückte, sah Fabienne Paulas Handy, dass ein gutes Stück aus ihrer linken Gesäßtasche herausragte.

»Paula, dein Handy ist in deiner Hosentasche, ich sehe es von hier aus.« Erschrocken schoss Paula in die Hohe. Wann hört das verdammte Ding endlich auf?

»Jetzt geh' schon ran«, drängte Fabienne. Zögernd zog sie ihr eigenes Handy hervor und blickte auf ihr Display, welches natürlich stumm war. Fabienne nickte ihr zu. Paula tippte gefaked auf das Display und hielt sich das Handy ans Ohr und gleich wieder weg. Das Klingeln hatte aufgehört. »Hat aufgelegt«, die Worte platzten mit viel Luft aus ihr heraus.

»Ist wirklich alles in Ordnung?« sorgte sich Fabienne, während sie sich zurück in den Laden begab. Paula folgte ihr und löschte das Licht aus. Mit großen Augen blieb sie neben Bojana stehen, die bleich wie ein Leintuch in den abgedunkelten Lagerraum starrte. »Ich kann das nicht«, stammelte sie. Paula blickte ihr tief in die Augen. »Du hast uns die Leiche eingebrockt, also hilfst du auch mit, sie verschwinden zu lassen.« Paula drohte mit dem Mahnfinger. »Aber ich habe'…«

»Verstanden?« zischte Paula.

Bojana senkte ihr Haupt und nickte. »Wir treffen uns um sieben Uhr hier im Laden. Zieh dir etwas Warmes an.« Bojana schluckte. »Und vertrau' mir. Ratzfatz und weg ist die Leiche.«

Paula hatte nicht den leisesten Schimmer, was ihnen die bevorstehende Nacht bescheren würde.

9

Schuldgefühle schleichen sich meist wie ein Virus in den Körper und verbreiten sich zuerst in der Magengegend, um anschließend den Verstand zu befallen. Paula wurde kurz nach Ladenschluss von diesem Virus befallen. Plötzlich kam ihr alles surreal vor, die Leiche, der Plan. Warum hatte sie so reagiert? Sie machten sich daran, ein Verbrechen zu schützen.

Paula saß im dreirädrigen Piaggio APE, ihrem Firmenfahrzeug, welcher ihnen dazu diente, Verkaufsmaterial vom Lager in der Rössligasse zum Laden zu fahren. Die Führerkabine des kleinen 2-Takter-Kastenwagens hatte sich mit Zigarettenrauch gefüllt.

Paula ließ die Scheibe geschlossen, um A nicht frieren zu müssen und B befiel sie die Angst, jemand würde mit einer meuchelnden Hand durch die offene Seitenscheibe eindringen und sie am Hals packen. Sie drehte die Scheibe jeweils nur einen Spalt nach unten, um sich der Zigarettenkippe zu entledigen und gleich danach wieder eine neue »Kent« anzuzünden. Paula hatte den Piaggio gleich nach Ladenschluss leergeräumt und war damit auf den inzwischen beinahe ausgestorbenen Vorplatz ihres Ladens gefahren. Geschickt fuhr sie rückwärts so nahe an die Ladentüre, um gerade noch zwischen Piaggio und Türe durchzuschlüpfen. Im Schein der Straßenbeleuchtung hatte sie einen günstigen Zeitpunkt abgepasst, die Leiche durch den Laden gezogen und mit aller

Kraft auf die kleine Ladefläche des Kleintransporters gehievt.

Sie rauchte nervös und mit geschlossenen Augen. Bilder von Gerichtssälen huschten ihr durch den Kopf. »Beihilfe zu Mord«, paukte der Richter vor ihr. »Einspruch«, schrie ein Anwalt neben ihr. »Abgewiesen!« schrie der Richter noch lauter und schwang seinen Hammer in die Höhe.

Paula nahm schnell einen Zug ihrer Zigarette. Das Bild in ihrem Kopf vom Gerichtssaal war verzerrt, als würde sie selbst mit geschlossenen Augen durch den Qualm starren. Bojana saß in Handschellen gelegt auf einem wackligen Holzstuhl und Fabienne erhob sich weinend aus dem Zeugenstand. »Paula Schneider, ich verurteile sie zu lebenslanger...« Paula schauderte und erschrak. Als der Richter seinen Hammer auf sein Richterpult drosch, klopfte jemand energisch an die Seitenscheibe. Der Piaggio schaukelte leicht. Sie erkannte Bojana, wie sie durch den kalten Rauch spähte. Schweißtropfen hatten sich auf Paulas Stirn gebildet. Bojana hatte sich eine schwarze Daunenjacke angezogen. Eine Wollkappe und ein Schal bedeckten ihr hübsches Gesicht. Mit ihren braunen Handschuhen winkte sie Paula zu. Fußspuren ihrer Tamaris Stiefel verrieten Bojanas Weg im frischen Schnee. Praktisch mit Ladenschluss hatte es wieder leicht zu schneien begonnen.

Paula holte tief Luft und bat Bojana auf dem Beifahrersitz Platz zu nehmen. »Wir dürfen nicht rauchen im Auto. Sommer rastet aus.« Tatsächlich hatte ihnen ihr Boss, Fredy Sommer verboten, im Piaggio zu rauchen. Paula verdrehte die Augen.

»Das ist jetzt wirklich unser kleinstes Problem.« Mit diesen Worten holte Paula ihre Lehrtochter wieder in die Realität zurück. Bojana hatte sich überraschenderweise beruhigt, was Paula beinahe in Rage brachte. Wieder schnippte sie eine abgerauchte Kippe aus dem Fenster. Als sie mit der Hand nach dem Zündschlüssel griff, hielt sie Bojana davon ab.

»Lass nur gut sein, du stehst noch immer unter Schock.« Entgeistert drehte sich Paula zu ihr. »Was redest du da? Du hast den Kerl umgebracht. Eine schöne Suppe hast du uns da eingebrockt.« »Aber ich habe den Typen doch nicht umgebracht. Ich könnte so etwas nie tun.

Er probierte einen Schuh und ich bot ihm an den zweiten im Lager zu holen.«

»Und als du zurück warst, war er tot«, fasste Paula zusammen.

»Genau.«

Bojana klopfte ihre Hände auf die Oberschenkel. Paula schüttelte ihren Kopf.

»Hör zu, ich helfe dir jetzt dabei, den Typen loszuwerden. Es war eine Panikreaktion von dir. Ein Kurzschluss. Niemand wird ihn jemals finden. Ich kenne einen Ort, eine Höhle…« Bojana unterbrach sie. »Panikreaktion! So ein Quatsch. Die Einzige, die Panik hat, bist du. Sieh dich doch an. Und sieh mich an. Glaubst du wirklich ich könnte jemanden mit Schnürsenkeln erdrosseln?« Paula drehte das Zündschloss. Der Zweitakter plärrte auf.

»Ich habe die Polizei angerufen. Sie werden den Tatort sichern und wir erklären denen alles. Sagen einfach, wie es gewesen…« Paula fuhr herum. »Bist du verrückt? Die sperren uns ein. Wir haben eine Leiche auf der Ladefläche.«

»Jetzt sag' bloß, du hast ihn schon…« Eine Sirene näherte sich.

»Ach du große Sch…« Der Piaggio machte einen Ruck und schoss über den Vorplatz des Allmend Marktes. Bojana riss das Steuer herum und der APE änderte seine Richtung. Sie steuerten auf die kleine Treppe zu, die den leicht erhöhten Vorplatz vom Fußweg und schließlich von der Poststraße trennte. Auch Paula riss am Steuer und so geriet der kleine Kastenwagen in Schieflage auf die Treppe, durchbrach einen

Strauch und touchierte eine Straßenlampe.

Panisch versuchte der Scheibenwischer, die wütenden Schneeflocken zu vertreiben. Die linke Seite kippte so stark gegen die Straßenlampe, dass sie diese in einer Schieflage hinterließen.

»Halt sofort an! Die Polizei ist schon da.« Paula trat auf die Bremse und der APE rutschte noch ein paar Meter, bevor er in der Einmündung des Fußweges in die Straße stehen blieb. Die Sirene kam näher. Blaulicht rotierte zwischen den Hausfassaden und ihren Gesichtern.

Der Sirenenwagen bog in die Poststraße ein und fuhr an ihnen vorbei. Es war die Ambulanz, welche in die Einfahrt des Altersheimes gleich schräg gegenüber einbog. Paula rollte ihre Schultern und holte tief Luft. Hysterisch schrie sie

Bojana an. »Du lässt mich jetzt nicht im Stich. Hilf mir gefälligst.«

»Hör auf, hör auf, du machst alles nur noch schlimmer. Du bist nicht mehr dich selbst.« Paula hatte den APE bereits auf die Straße gelenkt und bog in die Begegnungszone ein. Sie fuhren der Bohnygasse entlang und gelangten über die Schulgasse und den Kreisverkehr auf die Ergolzstrasse, wo Paula den Piaggio in Richtung Ormalingen lenkte.

»Es wird alles gut. In einer Stunde sind wir wieder zurück. Wir sagen der Polizei, es war ein Irrtum und ich hätte dich reingelegt.« Sie tätschelte Bojana auf den Oberschenkel.

Resigniert fragte sie, wo Paula gedenkt hatte, die Leiche zu verschwinden.

»Wo ist denn diese Höhle?«

»Es gibt doch die Sage vom Ueliloch, im Wischberg, oberhalb von Ormalingen. Mein Großvater hat mir den Eingang der Höhle gezeigt. Als Kinder waren wir oft dort. Wir lassen die Leiche einfach dort reinfallen.« Bojana hatte in der Schule von dieser Höhle gehört und erinnerte sich an die Sage. Ein Knabe soll einst mit seinem Hund spazieren gegangen sein und fand ein Erdloch im Wald. Der Hund rutschte in das Loch und verschwand. Ueli, der Knabe, wollte ihn suchen und rutschte ebenfalls in das Loch. Seither fehlte von den beiden jede Spur. Manchmal höre man noch immer den Hund weit unten in der Erde bellen, sagt man. Das Erdloch nannte man in der Folge das »Ueliloch«.

Bojana lief es kalt den Rücken hinunter. Noch vermochte der leichte Schneefall es nicht, die Straße zu bedecken. Paula fürchtete aber, dass der Schnee auf den kaum befahrenen Waldwegen bereits angesetzt hatte. Ihr Fahrzeug hatte auch keine Winterreifen, da sie damit lediglich die 200 Meter vom Laden zum Lager zurücklegen mussten. Bald erreichte der Zweitakter Ormalingen, und Paula bog nach links in die Hemmikerstrasse ein. Bei der Abzweigung am Ortsausgang von Ormalingen nach rechts zum Schützenhaus, hielt Paula den APE kurz an und spähte den steilen Waldweg hoch.

»Lass mich jetzt bloß nicht im Stich, Kleiner.« Sie trommelte auf das Armaturenbrett und gab Gas. Der Zweitakter röhrte auf und quälte sich dem holprigen Weg in die Höhe. Immer wieder drehte das Vorderrad des dreirädrigen Gefährts durch und sie verloren stetig an Tempo. Bojana schloss die Augen, als sie nur noch im Schritttempo emporkrochen. Schließlich wurden sie wieder schneller und der Weg verlor an Steigung. Sie passierten das Schützenhaus und folgten dem unbefestigten Waldweg für einige hundert Meter, mal steil nach oben, dann wieder etwas flacher. Bei einer kleinen Lichtung öffnete sich der Wald ins Tal und ließ die Lichter von Gelterkinden und Ormalingen unter ihnen erstrahlen.

Nach einem weiteren Kilometer hielt Paula den Wagen kurz vor einer starken Steigung an. »Dieses Stück schaffen wir nicht mit dem Wagen. Wir müssen zu Fuß weiter. Ist nicht mehr weit.«

»Und wenn uns jemand sieht?«

»Wer soll schon hier sein?«

»Weiß ich doch nicht, ein Jäger viel-leicht.« »Ach wo, steig aus.«

Obwohl die Fahrerkabine überheizt war, schlotterten die beiden wie Espen-laub, als sie hinter dem APE standen. Paula öffnete den Laderaum und zog die Leiche an den Füssen zu sich. Da der Wagen schräg stand und Paula etwas zu ruckartig zog, rutschte der Tote aus dem Laderaum und fiel ihnen buchstäblich vor die Füße. Schnee stob zur Seite.

10

Sam hatte den Nachmittag damit verbracht, ständig auf seinem Handy nachzusehen, ob Paula in Facebook oder WhatsApp »online« war oder nicht. Auf keinen Fall wollte er ein schlechter Verlierer sein und Paula dafür verachten, seinen Vorschlag zu einem Date mit ihm abzulehnen. Viel zu sehr mochte er sie. Sie hatte ihm an der Chlausenparty vorletztes Wochenende Hoffnung gemacht und ihn mit ihren Blicken in eine angenehme Verlegenheit gebracht.

Natürlich ließ er nicht locker, nachdem sie ihn am Mittag hatte abblitzen lassen und so entschied er sich gegen sieben Uhr abends, spontan bei ihr zu Hause vorbeizugehen und ihr ein Säckchen

Spitzbubengebäck vor die Wohnungstüre zu legen. Auf keinen Fall wäre er einfach bei ihr reingeplatzt. Aber ein kleines Zeichen der Aufmerksamkeit würde bestimmt nicht schaden.

Beinahe eine Viertelstunde hatte er in der Kälte vor ihrem Mehrfamilienhaus gewartet, bis jemand das Haus verließ und er sich durch die sich schließende Türe ins Treppenhaus stehlen konnte. Da er keine Zeit hatte, den Schnee von den Stiefeln zu klopfen, hinterließ er eine kleine Schneespur im Treppenhaus. Vor ihrer Türe hielt er inne und horchte. Offensichtlich war niemand zu Hause und diese Erkenntnis ließ ihn etwas entspannen. Besser niemand als Paula und ein anderer Mann, dachte er und musterte die Schuhablage vor ihrer Wohnung. Ausschließlich Frauenschuhe waren auf den beiden Kunststoffschalen abgestellt. Auch gut.

In der Wohnung gegenüber schrie ein Baby und das Treppenhaus war durchflutet mit den mannigfaltigsten Küchengerüchen, quer durch Südeuropa über Nordafrika bis nach Sri Lanka. Er kontrollierte abermals sein Handy. Paula war nicht online. Seltsam, wo steckte sie bloß? War vielleicht doch ein anderer Mann im Spiel? Ein Nebenbuhler? Was, wenn Paula mit einem anderen Mann gerade jetzt das Treppenhaus betrat und ihn mit seinem Säckchen Spitzbuben erwischte? Welche Ausrede würde er sich auf die Schnelle zusammenreimen? *»Ach, du wohnst auch hier? Ich bin heute zu Besuch bei Familie...«*, er las den Namen auf dem Klingelknopf gegenüber, *»...Bahisanitarahabi. Einen schö-*

nen Abend noch.« Er verbannte diesen Gedanken und bückte sich, um die Spitzbuben auf dem »welcome« Türvorleger abzulegen. In diesem Moment sprang unten die Haustüre auf. Erschrocken lehnte er sich über das Geländer um zu sehen, wer die Treppe hochstieg. Erleichtert beobachtete er, dass bereits eine Wohnungstüre im ersten Stock das Ziel des Besuchers war.

Gedankenversunken trottete er die Treppenstufen nach unten. Seine Sehnsucht begann sich in seinem Körper wieder zu spannen wie eine Triebfeder, die nur darauf wartete, entsichert zu werden. Und genau diese Triebfeder führte ihn anschließend zum Allmend Markt.

11

Paula reichte Bojana eine Stirnlampe und zog sich selber eine über den Kopf. »Du denkst aber auch an alles.« Geäst knickte in der Nähe und ließ sie schaudern. »Psst«, Paula hielt sich den Zeigefinger vor den Mund. Wieder knackte etwas im Unterholz. Diesmal auf der anderen Seite. Beide fuhren sie herum und horchten zitternd in die kalte Nacht. Ihr Atem bildete hastige Luftwolken vor ihren Gesichtern. Bojana überlegte sich zu rufen, ob da jemand sei. Aber sie verjagte den Gedanken. Was hätten sie auch sagen sollen, falls wirklich jemand sie überraschen würde? Zwei junge Frauen mitten im Wald, mit ihrem Piaggio und...einer Leiche.

»Wie sollen wir ihn denn tragen? Der ist verdammt schwer.«

»Versuchen wir es so: Ich nehme ihn an den Armen und du an den Beinen.« Sie setzten an und hoben ihn hoch. Beim ersten Schritt rutschte Paula aus und fiel zu Boden. Durch den Ruck rutschte auch Bojana aus und fand sich auf ihren Knien wieder. Schmerzen schossen durch ihren Körper. Sie hatte sich das eine Knie auf einem spitzen Stein aufgeschlagen.

Einen Moment lang blieben sie im kalten Schnee sitzen. Als es im Gebüsch vor ihnen wieder knirschte, schossen sie in die Höhe. Paula drehte den Kopf dorthin, wo das Geräusch herkam. Mit der Stirnlampe leuchtete sie in den Wald.

»Da leuchten zwei Augen! Lass uns abhauen. Ich habe eine Scheiss Angst.«

»Jetzt reiß dich zusammen, es ist nur ein kurzes Stück. Wir ziehen ihn hinter uns her.« Mühsam und mit kleinen Schritten zogen sie den unbekannten Toten den steilen Weg hoch. Ihre Spuren ähnelten den Reifenspuren des dreirädrigen Piaggios, nur waren ihre viel breiter, vor allem die mittlere. Nach einer gefühlten Ewigkeit stoppte Paula.

»Es muss gleich hier sein.« Sie ließen den Körper zu Boden sinken und Paula leuchtete in einen kleinen Seitenweg welchen sie einschlugen. Bojana blieb dicht an ihr dran. Schließlich, ein paar Meter weiter, gab Paula Handzeichen und deutete auf einen schmalen Spalt im Boden, etwa 30 Zentimeter breit und etwa doppelt so lang. Kleine Büsche verdeckten das Erdloch ein wenig.

»Hier ist es?« Paula nickte. »Nimm einen Stein und wirf ihn hinein.« Bojana hob einen faustgroßen Stein hoch und warf ihn in das Loch. Sie horchten. Nach ein paar Sekunden hörten sie das polternde Geräusch des Steines weit im Berginnern.

»Wir müssen nachschauen, ob das Loch innen nicht versperrt ist. Die Leiche muss ungehindert ins Loch rutschen. Halt mich an den Füssen fest, ich werfe einen Blick hinein mit der Lampe.«

»Das ist jetzt nicht dein Ernst, oder? Du willst da rein?«

»Nicht rein, nur mit dem Kopf. Wir müssen sicher sein. Wenn du mich sicherst, passiert schon nichts.« Bojana schluckte und schüttelte den Kopf. »Oder soll ich dich festhalten und du kontrollierst das Loch?« Bojana schüttelte den Kopf noch energischer. Paula legte sich auf den Bauch und tastete sich kriechend vor. Das Gelände fiel leicht zum Erdloch ab, was das Vorhaben zusätzlich erschwerte. Zudem war der Boden durch den Schnee rutschig. Paula drehte ihren Kopf zurück zu Bojana.

»Du musst im Schneidersitz hinter mir bleiben und meine Füße festhalten. Bist du bereit?« Bojana bezog ihre Position und umklammerte die Waden von Paula. Stück für Stück näherten sie sich dem Loch.

»Wie weit noch?« Bojana kniff ihre Augen zusammen und begann zu krampfen.

»Einen halben Meter noch, gleich sehe ich rein.« Bojana öffnete die Augen und sah, dass Paula ihren Kopf schon durch das Erdloch streckte, aber noch immer vordrängte. Ein rutschiger Stein unter dem Schnee ließ Bojana den Halt verlieren und die beiden rutschten mit einem Ruck nach vorne, so, dass Paula bis fast zur Hüfte im Erdloch verschwand. »Heyy«, Paulas Schrei war draußen kaum zu hören, das Erdloch hatte den Schrei verschluckt. Bojana hatte zwar sicheren Halt, aber ihre Hände krampften. Der Griff um Paulas Waden wurde immer schmerzhafter. Sie versuchte Paula zurückzuziehen, aber Paula steckte fest. Würde sie ihren Griff auch nur im Geringsten lösen, würde Paula in das Loch gleiten und wäre verloren.

12

Die schräg auf die Straße ragende Straßenlampe fiel Sam erst auf, nachdem
sein Blick zuerst zwei Streifenwagen der
Kantonspolizei fixiert hatten, die im
leichten Schneetreiben vor Paulas
Schuhladen standen. Sam vermutete einen überforderten Autofahrer als Grund
für den Polizeieinsatz. Kaum lag etwas
Schnee, ging es los mit dem Blechsalat.

Erstaunt stellte Sam aber bald fest,
dass außer den Streifenwagen kein anderes Fahrzeug zu sehen war. Vor allem
stand keines bei der ramponierten Straßenlampe, wo Sam den Unfallverursa-
cher vermutet hatte. So parkierte er seinen Golf in der Begegnungszone vor

einer Bank und tat so, als müsste er den Geldautomaten benutzen.

Eine kleine Schar von Schaulustigen hatte sich um das Areal eingefunden. Sam erkannte den Chef des Schuhgeschäfts, wie er mit den Beamten angeregt diskutierte. Er machte sich Sorgen. War etwas mit Paula passiert? Ein weiterer Einsatzwagen bog in die Poststrasse ein, dahinter der Mannschaftswagen der Polizei.

Kriminaltechniker verließen den Minibus und schleppten Ausrüstungsgegenstände in den Laden. Sie waren in weiße Einteiler gekleidet und sahen im Schneetreiben aus wie Gebirgsjäger auf Patrouille. Ein weiteres Mal kontrollierte Sam sein Handy. Entschlossen wählte er Paulas Nummer und landete prompt auf der Mailbox. Dagegen hatte er eine

WhatsApp Mitteilung von Max, eines Kollegen, um ein Haar übersehen.

»Habe gerade deine neue Flamme gesehen, sie fuhr mit dem Firmenflitzer Richtung Hemmiken, hahaha.« Was geht da vor? Mit dem Firmenflitzer war der Piaggio APE des Schuhgeschäfts gemeint. Diesen kannte jedes Kind in der Region. Was will Paula damit in Ormalingen oder Hemmiken? Sam beschloss, sich mit seinem Golf nach Hemmiken zu begeben.

13

Trotz der Kälte hatten sich auf Bojanas Stirn Schweißtropfen gebildet. Noch immer umklammerte sie Paulas Beine. Wieder war Paula einige Zentimeter weiter in das Loch gerutscht und so lag ihr Griff schon bei Paulas Knöcheln. Verbissen versuchte Bojana immer wieder, Paula aus dem Loch zu ziehen. Aber es schien, als glitt Paula bei jedem Versuch etwas tiefer in das Loch. Wie konnten sie auch nur in diese Situation geraten. Noch nicht einmal zwölf Stunden zuvor hatten sie im Laden herumgealbert und sich die Dekorationsgebäcke um die Ohren gedroschen. Nun befanden sie sich in einem unheimlichen Wald, Paula in auswegloser Situation in einem Erdloch steckend und hinter ihnen lag die Leiche des unbekannten Mannes, den sie hierhergeschleppt hatten.

Bojana überlegte sich laut um Hilfe zu schreien, aber sie sah ein, dass sie gar nicht die Kraft für einen lauten Schrei hatte. Zu sehr war sie konzentriert darauf, Paula festzuhalten. So kniff sie ihre Augen zusammen und dachte nach. Eine Träne kullerte über ihre Wange und vermischte sich mit ihrem Schweiß und den Schneeflocken, die den Weg auf ihr Gesicht gefunden hatten. Paulas Schreie waren verstummt und so war das einzige Geräusch um sie herum der finstere Wald, dessen blätterlose Baumkronen vom leichten Wind beinahe lieblich gestreichelt wurden. Mit geschlossenen Augen hatte Bojana den Eindruck mehr Kraft zu haben als mit offenen. Sie hatte so nicht das Gefühl, Zentimeter um Zentimeter zu verlieren. Ein plötzliches knackendes Geräusch hinter ihr im Gebüsch ließ sie jedoch aufschrecken. Es war, als würde sich jemand durch die Sträucher schleichen. Und das Geräusch kam langsam näher.

14

Sam machte eine lächerliche Runde von Ormalingen nach Hemmiken, wo er beim Schulhaus wendete und wieder in der Gegenrichtung zurückfuhr. Zwar schielte er in jede Seitenstraße und in jede Einfahrt nach dem Piaggio, musste sich aber eingestehen, dass ihm das überhaupt nichts brachte. Was würde es ihm nützen, wenn der APE vor einem Haus stehen würde? Würde er aussteigen und klingeln gehen? So fuhr er zurück nach Gelterkinden.

Was ging da im Laden vor sich? Vermutlich hatte die Polizei einen Einbrecher erwischt oder war einer Einbrecherbande auf den Fersen, die sich die dunkle Jahreszeit zu nutzen machte für ihre Raubzüge.

Die Tankanzeige seines Golfes hatte zu leuchten begonnen und so lenkte er den Wagen in Gelterkinden zur Landi Tankstelle. Nicht ohne zuvor noch einmal bei Paulas Wohnung durchzufahren um zu erkennen, dass Paula noch immer entweder nicht zu Hause oder aber kein Licht in der Wohnung anhatte.

So gleichmäßig wie das Benzin in den Tank plätscherte, rauschte der Verkehr auf der Sissacherstrasse an ihm vorbei. Was, wenn Paula doch etwas zugestoßen war? Antwortete sie deshalb nicht auf seine Nachrichten oder seine Anrufe? Warum war sie mit dem Piaggio in Ormalingen unterwegs? Das kleine Firmengefährt hatte Gelterkinden bestimmt schon seit Jahren nicht mehr verlassen.

Warum gerade heute Abend, wenn die Polizei den Laden durchsucht?

Seine Gedanken drohten vom Schnee zugedeckt zu werden und drifteten ab, als mit einem lauten »Klack« das Plätschern verstummte. Der Tank war voll. Genervt versuchte Sam durch nervöses Betätigen des Füllgriffes noch einen Liter in den Tank zu pressen und wie immer gelang es ihm nicht. Wenigstens auf eine schön gerade Zahl kommen, dachte er und pumpte mit Blick auf die Anzeige der Tanksäule tröpfchenweise weiter. »69.91…69.95…69.98…69.99…70.03.« »Kacke!« entfuhr es ihm. Dieser Betrag wird nicht einmal abgerundet. Kraftvoll drückte er den Handgriff in die Halterung und schraubte den Tankdeckel auf den Tankstutzen, bis dieser schnatterte.

An der Kasse hatte sich eine kleine Schlange gebildet, was ihm erneut Gelegenheit gab, in seine Gedanken zu versinken, als ihm jemand auf die Schultern klopfte. Es war sein Kollege Max.

»Alter, hast du auch gehört was im Allmend Markt passiert ist?« Sam zuckten Stromstöße durch den Körper. Entgeistert blickte Sam auf seinen Kollegen, der ihn um etwa zehn Zentimeter überragte.

»Ein Mord, Alter.« Weitere Stromstöße jagten durch Sams Körper.

»Hast du nicht gesehen, wie viele Bullen sich dort rumtreiben?« Sam war an der Reihe beim Bezahlen. In der Aufregung hatte er die falsche Karte in den Kartenleser gesteckt. »Also mit der ID geht's leider nicht«, knurrte die Verkäuferin. Max quasselte Sam von hinten voll, aber Sam hörte gar nicht erst zu.

»Lass uns ein wenig in Sissach durch die Bars ziehen. Heute können wir ruhig blau fahren. Die Bullen haben anderes zu tun. Wir machen uns die Kehlen feucht und gabeln ein paar Bräute auf.« Max zwinkerte ihm zu und zog an seinem Arm. Beinahe verängstigt schüttelte Sam seinen Kopf. »Welche Zapfsäule?« drängte die Verkäuferin Max, da bereits weitere Kunden anstanden. Max ließ sich nicht drängen.

»Aber klar doch. Du machst dir Sorgen wegen deiner Kleinen.« Max näherte sich Sam bis auf wenige Zentimeter.

»Aber die ist ja mit dem Flitzer unterwegs.« Nun flüsterte ihm Max ins Ohr. »Oder vielleicht hat sie ja einen umgelegt und ist jetzt auf der Flucht.« Sam vermied Augenkontakt.

»Welche Säule, bitte.« Max begann zu lachen und wunderte sich, warum Sam sein Lachen nicht erwiderte. Genervt wendete er sich der noch mehr genervten Verkäuferin zu.

»Mann, was ist denn los mit dir? Das war doch nur Spaß.« Er drehte sich kurz zu Sam um. Aber Sam war bereits verschwunden.

15

Paula hatte aufgehört in die Tiefe des Berges zu schreien. Das Echo ihrer Rufe hallte jeweils lange nach und verängstigte sie noch mehr. Losgetretene Steine kullerten Sekundenlang aus der Tiefe. Ihr Gesäß hatte eine scharfe Kante des Loches erreicht und Paula wusste, wenn sie diese Kante überwand, konnte sie Bojana nicht mehr festhalten. Sie spürte wie Bojanas Hände immer weiter nach hinten glitten, spürte, wie sehr sich Bojana bemühte, sie aus dem Loch zu ziehen und wie ihre Hände schließlich bei ihren Knöcheln angekommen waren.

Anfangs ruderte Paula noch mit ihren Armen um irgendwo Halt zu finden, an einem Ast oder einer Wurzel vielleicht.

Aber ihre Arme schwangen in einer großen Leere und jede ihrer Bewegungen ließ sie etwas weiter in das Loch rutschen. So tastete sie vorsichtig und in ganz langsamen Bewegungen die Leere unter sich ab, fand ein dünnes Wurzelende und folgte mit ihrer Hand der Wurzel. Als die Wurzel dicker wurde zog sie vorsichtig daran um zu kontrollieren ob sie Halt daran fand. Die Wurzel schien recht stabil zu sein und so begnügte sich Paula vorerst damit, sich daran festzuhalten, als sie in der Tiefe des Berges ein Geräusch wahrnahm. Zuerst ganz leise, danach immer deutlicher. Das Bellen eines Hundes.

16

Das Geräusch hinter Bojana hatte die Seite gewechselt und kam näher. Ein Rascheln ganz nahe bei ihr, jagte ihr dermaßen Angst ein, dass sie unkontrolliert zu zittern begann.

»Paula so hilf mir doch, ich kann nicht mehr.« Bojanas Handgelenke krampften. Ihre Oberschenkel brannten und ihre Knie drohten, in jedem Moment einzuknicken.

Ängstlich versuchte sie sich immer wieder nach dem Geräusch umzudrehen. Ihre Stirnlampe hatte zu Flackern begonnen. Entweder war die Batterie nicht mehr genügend stark oder die Birne hatte einen Wackelkontakt, so wie das bei unzähligen Taschenlampen der Fall war.

Allmählich wurde das immer näher-
kommende Rascheln von einem neuen
Geräusch begleitet, das Bojana noch
mehr Angst einimpfte. Sie dachte, sie
bildete sich das Geräusch nur ein, aber
es war zu eindeutig. Das Knurren war
direkt hinter ihr.

17

Langsam begann der Druck in Paulas Kopf stärker zu werden. Zu lange schon floss ihr das Blut in den Kopf. Könnte sie doch nur mit Bojana reden, aber ihr Körper hatte das Loch beinahe schalldicht geschlossen.

Unaufhörlich bellte ein Hund, tief im Berginnern aber trotzdem unangenehm laut. Noch immer hielt sie sich an dieser Wurzel fest und überlegte sich, wie sie daraus einen Nutzen machen konnte. Würde sie daran ziehen, könnte sie das Gegenteil bewirken und sich selber in das Loch ziehen. Sie versuchte sich zu drehen, aber ihr Gesäß war im Loch verklemmt und ließ keine Seitwärtsbewegung zu. Das Gegenteil war der Fall.

Wieder war sie etwas weiter in das Loch gerutscht. Zudem musste Bojana durch etwas erschreckt worden sein. Ihr Griff um ihre Knöchel ließ für einen kurzen Moment nach und ihr Gesäß rutschte über die Kante, die sie vom Abgrund trennte. In diesem Moment verlor Paula ihre Stirnlampe, sie verschwand in der Leere des Berges weit unter ihr.

18

Das Maul des Fuchses, der jetzt neben Bojana stand, war von einer Schaumkrone umgeben. Der Fuchs sah krank aus. Wütend, hungrig, ungeduldig. Bojana sah seine fletschenden Zähne. Sein Kopf zitterte fiebrig und seine Augen waren gläsern, das Fell zerzaust. Unschlüssig musterte der Fuchs seine Beute und trat unruhig auf der Stelle. Abwartend, kalkulierend. Wo würde er ansetzen? Wollte er Bojana anspringen oder sich auf Paulas Beine stürzen? Seinem Blick nach zu urteilen, machte er sich kampfbereit. Es konnte sich nur noch um Sekunden handeln, bis er sich zu einem Angriff entschied.

Bojana überlegte sich derweil, ob es besser wäre, den Fuchs zu ignorieren oder ihn mit ihrem Blick zu fixieren. Immer wieder hatte sie in Geschichten die möglichen Varianten gelesen, wie man sich verhalten sollte, stünde man einem wilden Tier in der Wildnis gegenüber. Und jedes Mal gab es unterschiedliche Theorien darüber. Einige Tiere erachteten den Blickkontakt als Kampfsignal, andere wiederum schreckten davor zurück. Ein Überlebender hatte einmal berichtet, nur mit dem Leben davongekommen zu sein, weil er auf das Tier ihm gegenüber eingeredet hatte und eine Art Vertrauen zu ihm aufgebaut hatte. Andere meinten, sich auf keinen Fall zu bewegen, um das Tier nicht zu erschrecken und zu einer Kurzschlussreaktion zu verleiten, wie es bei Begegnungen mit Schlangen vorkam. Bojana fand die Idee mit gut zureden als am besten geeignet. Dazu musste sie aber ihren Mund bewegen, was den Fuchs aufschrecken könnte und zum Zuschlagen bewegen könnte.

So entschied sie sich, eine Reaktion des Fuchses zu provozieren, indem sie eine Melodie zu summen begann. Der Fuchs drehte seine Ohren in ihre Richtung und brach diese Bewegung abrupt ab, da ihn eine andere Melodie erschreckte. Bonanza, die Handymelodie des Toten, ertönte ein paar Meter weiter hinter ihnen. Der Fuchs kauerte sich zurück und wusste nicht, von wo für ihn die größere Gefahr ausging. Von Bojana direkt vor ihm oder von Bonanza. Er fixierte Bojana und setzte zum Sprung auf sie an.

19

Abermals fuhr Sam an Paulas Wohnung vorbei. Noch immer kein Licht bei ihr. Mehr und mehr Schaulustige hatten inzwischen die Polizei veranlasst, die Absperrbänder in einem größeren Radius um den Schuhladen zu spannen. Bis in einer halben Stunde würde es kein Durchkommen mehr geben von der Allmendstrasse in die Poststraße. Im Schritttempo fuhr Sam am Allmend Markt vorbei und hielt erfolglos nach Paula oder dem Piaggio Ausschau.

Nach einem kurzen Zögern entschied er sich erneut, nach Ormalingen zu fahren um die Spur des Piaggios aufnehmen zu können, dort wo Max den APE zuletzt gesehen hatte. Im Zickzack fuhr er die Quartierstrassen in Ormalingen ab und als er der Hemmikerstrasse entlangfuhr und sich dem Ortsausgang näherte, bremste er brüsk ab, so dass sein Golf auf der rutschigen Straße ins Schlingern geriet. Auf dem Waldweg der hinauf zum Schützenhaus führte, sah er eine Spur. Zwar hatte der Schneefall die Spur schon wieder etwas zugedeckt. Dennoch erkannte er ohne jeden Zweifel, dass es die Spur eines dreirädrigen Fahrzeuges sein musste. Er setzte zurück und preschte den Waldweg hoch.

20

Es galt nun für Paula eine Entscheidung zu treffen. Ewig konnte sie Bojana nicht festhalten. Das kurze Loslassen ihres Griffes deutete Paula entweder als ein Nachlassen der Kräfte Bojanas oder als ein Aufschrecken durch irgendetwas.

So vergewisserte sich Paula ein letztes Mal, ob die Wurzel an welcher sie sich festhielt, nicht nachgab und wuchtete ihre freie Hand ebenfalls in diese Richtung. Es gelang ihr, sich mit beiden Händen an die Wurzel zu klammern. Gleichzeitig rutschte ihr Becken weg und Paula spürte, wie sich die Umklammerung um ihre Knöchel löste. Wie auf einer Rutsche, glitten ihre Beine durch das Loch und plumpsten unter ihr durch.

Paula hing mit beiden Händen am Wurzelstock. Steine purzelten durch das Loch und fielen in die Tiefe. Einige trafen sie schmerzhaft an ihrem Körper. Etwas Anderes flog ebenfalls an ihr vorbei und heulte kurz auf. Paula hielt es für ein Tier, konnte sich aber keinen Reim daraus machen.

Das Loch befand sich nun direkt über ihr und da sie an beiden Armen an der Wurzel hing, konnte sie Bojana nicht sehen, die sich vorsichtig der Öffnung näherte. Paula versuchte sich verzweifelt an der Wurzel hochzuziehen, aber die Wurzel war glitschig und so rutschten ihre Hände daran langsam nach unten, wo der Wurzelast dünner und brüchig wurde. Sie strampelte mit ihren Beinen und glitt dadurch noch schneller nach unten. Schließlich verließen sie ihre

Kräfte und sie ließ die Wurzel los.

21

Bonanza war verstummt als Paulas Beine im Erdloch verschwanden und mit Paulas Beinen auch der Fuchs, der ebenfalls durch das Loch rutschte. Unter Bojana machte sich ein großer Spalt auf und sie musste strampeln um nicht ebenfalls durch das Loch zu gleiten. Es gelang ihr schließlich, sich an einem dünnen Baum festzuhalten und sicheren Stand zu erlangen. Sie schüttelte ihre völlig verkrampften Arme und Beine.

»Paula, Paula«, rief sie panisch.

»Kannst du mich hören? Bist du noch da?« Quälende Stille drang aus dem Erdloch. Sie wiederholte ihre Rufe immer wieder. Schließlich setzte sie sich heulend auf den kalten Boden und schlug ihre Hände vor das Gesicht. Der Wald war wieder ganz still. Ihre Stirnlampe war erloschen wie eine Kerze im Wind. Sanft wippten die Baumkronen über ihr. Verzweiflung fraß sich durch Bojanas Körper wie Säure durch ein Stück Fleisch. Und als die Stille unerträglich wurde, hörte sie eine Stimme aus dem Loch. »Bojana, bist du noch bei mir?«

22

Etwas zu hastig hatte Sam die scharfe Rechtskurve genommen, die oberhalb des Schützenhauses direkt neben dem Scheibenstand lag. Zu sehr war er auf die Spur des Dreirades fixiert gewesen. Das Heck seines Golfes brach aus und er fuhr sich in einem kleinen Graben fest. Wütend stieg er aus dem Wagen aus und beurteilte seine Lage. Die Vorderräder drehten beim Versuch freizukommen durch. Lenken nach links und nach rechts führte lediglich zu einer leichten Seitwärtsbewegung des Fahrzeuges. Rückwärts war ebenfalls keine Option, da sich dann die Hinterräder zwar aus dem Graben befreien würden, jedoch gleich den direkt dahinterliegenden Abhang wegzusacken drohten. So blieb Sam nur eine Möglichkeit: die Schneeketten zu montieren. Glücklicherweise hatte er welche im Kofferraum verstaut, weil er demnächst plante, in die Berge zu fahren und diese auf keinen Fall vergessen wollte. Beim Versuch den Kofferraum zu öffnen, rutschte er aus und schlug mit seinem Kopf auf der Stoßstange auf. Er blieb bewusstlos liegen.

23

Paula machte sich nie etwas aus Wunder, die einfach so geschehen. Dieses Mal jedoch war es tatsächlich ein Wunder, welches ihr Leben rettete. Als sie den Wurzelast losließ, berührten ihre Beine sicheren Boden und ihre Hände fanden Halt in einem kleinen Felsvorsprung, in den sie instinktiv hineingriff. Sie rief nach Bojana. Sehen konnte sie sie nicht, jedoch erkannte sie das Licht einer Handytaschenlampe durch das Erdloch, etwa drei Meter über ihr.

»Bist du verletzt? Geht es dir gut?« Bojana versuchte, so nahe wie möglich an das Erdloch heranzukommen, um dieses etwas auszuleuchten. Dies gelang erst, als sich Bojana von der oberen Seite an das Loch heranmachte und die Lampe direkt in die Höhle richten konnte. Paula wurde vom erstaunlichen Licht des Handys beinahe geblendet und suchte ihre nähere Umgebung ab.

Sie befand sich auf einem kleinen felsigen Vorsprung der etwas in die Höhle hereinragte und der eine Art Plattform über dem Abgrund bildete. Die Höhle verschluckte den Lichtkegel unter ihr, gab jedoch genügend hell, damit Paula eine kleine Nebenhöhle entdecken konnte, die rechts von ihr im Berg verschwand und wie ein Nebenausgang aussah. Wenn Paula die Richtung der kniehohen Höhle richtig deutete, musste dieser kleine Stollen etwas rechts unterhalb des offenen Erdloches einmal ins Freie geführt haben und war womöglich nur von ein paar Zentimeter Erdreich überdeckt.

»Hier ist ein kleiner Nebengang, ich kann hier vielleicht raus. Sieh mal, ob du etwa drei Meter weiter rechts ein kleines Loch im Boden siehst. Ich krieche dorthin.« Paula legte sich hin und begann in der Dunkelheit der kleinen Höhle entlang zu kriechen. Bojana hielt die Lampe noch einen Moment über das Loch und begann danach etwa drei Meter unterhalb, mit bloßen Händen im Dreck zu wühlen. Bald gab der Boden unter Bojana nach und es öffnete sich ein kleiner Graben, der grösser und grösser wurde. Dann sah Bojana Paulas Hände und konnte sie aus dem Loch ziehen. Weinend lagen sie sich in den Armen, als erneut Bonanza ertönte.

24

Tatenlos lauschten sie der Melodie, bis diese schließlich verstummte. Bonanza hatte sie wieder an den eigentlichen Grund erinnert, warum sie hierhergekommen waren. Nach all der Aufregung in der Höhle hatten sie die Leiche beinahe schon vergessen, die sie beseitigen wollten. Froh, mit dem Leben davongekommen zu sein, trösteten sie sich gegenseitig und wärmten sich aneinander auf.

Paula stand schließlich auf und schüttelte sich den Dreck ein wenig ab.

»Willst du es immer noch tun?« fragte Bojana resigniert. Paula nickte und streckte ihr die Hand entgegen.

»Lass es uns jetzt zu Ende bringen und verschwinden. Ich bin todmüde.« Sie zog Bojana zu sich hoch.

»Okay?« Bojana nickte weinerlich. Ihr Adrenalin war gerade eben wieder im Begriff in den Sinkflug überzugehen, als sie nach ein paar Schritten feststellten, dass die Leiche verschwunden war. Frische Fußspuren führten schlängelnd in den Wald hinein. Dort wo die Leiche lag, war ein Abdruck im geschmolzenen Schnee zurückgeblieben. Sollten sie nach der »Leiche« rufen? Wie um Dreiteufelsnamen konnte das nun wieder geschehen?

»Aber der war doch ganz sicher tot, oder?« stakste Bojana. »*Ja klar doch, er hat es sich nun eben mal anders überlegt und dreht noch eine Runde durch den Wald, bevor er dann tot, tot ist.*« Paulas

Gedanken fuhren Achterbahn. Schließlich machte sie einen Vorschlag: »Bojana, ich weiß, wie wir aus all dem rauskommen.« Bojana schaute sie entgeistert an.

»Du hast doch die Polizei gerufen, stimmt's?« Bojana nickte.

»Wir sagen denen, der Typ habe einen Herzanfall gehabt und wir wollten ihn nach Liestal in den Notfall bringen. Im Wagen hat er uns aber dann überwältigt und hier hochgefahren. Wir konnten ihn aber zusammen überwältigen und sind abgehauen. Die Polizei muss ihn dann nur noch finden und wir sind fein raus.« Paula zog Bojana hinter sich her zum APE. Sie wendete den Piaggio und folgte dem Weg, den sie gekommen waren. Die Straße war extrem rutschig und der kleine Wagen brach immer wieder aus.

Nach einer scharfen Rechtskurve behinderte dicht aufkommender Nebel die Sicht und so musste sich Paula beinahe im Schritttempo vorantasten.

Ihre Herzen schlugen hart und drohten zu explodieren, als der unbekannte »Tote« plötzlich aus dem Nebel auftauchte und mit einem dicken Ast auf die Frontscheibe einschlug.

25

Es war die Kälte, die Sam aufgeweckt hatte. Sein Schädel brummte noch immer von seinem Sturz, er hatte sich aber, getrieben der Spur des Piaggios zu folgen, aufgerappelt und die Schneeketten trotz pochender Kopfschmerzen aufgezogen. Mit den Schneeketten war es ganz einfach gewesen, sich aus dem kleinen Graben zu befreien und so tuckerte der Golf gemächlich den Weg hoch. Sam hatte das Tempo angepasst, um nicht noch einmal in eine ähnliche Situation zu geraten.

In der Zwischenzeit war dichter Nebel, beinahe wie aus dem Nichts entstanden und verunmöglichte es, schneller zu fahren. Sam stieß einen leisen Fluch aus, als er ein Licht zu sehen glaubte, dass auf ihn zukam und das wie ein Gespenst durch den Nebel huschte. Ein Schatten durchbrach den Lichtkegel immer wieder und schließlich erlosch eines der beiden Lichter.

26

Bojana schrie vor Angst und ohne Unterbruch, als der Unbekannte unablässig auf ihren Piaggio eindrosch. Mit dem zweiten Schlag zertrümmerte er einen ihrer Scheinwerfer. Als er zu einem weiteren Schlag ausholte, trat Paula in ihrer Panik auf das Gaspedal. Der Piaggio machte einen Satz nach vorne und schleuderte den Mann weg. Jetzt trat Paula brüsk auf die Bremse. Sie überrollten den Mann mit dem Vorderrad. Ihr Fahrzeug stand nun still. Paula und Bojana zitterten am ganzen Körper. Vom unbekannten Mann war nichts mehr zu sehen. Das Licht eines entgegenkommenden Fahrzeuges irritierte die beiden.

Für einen Moment konzentrierten sie sich auf das Licht vor ihnen, welches sich durch den Nebel tastete und merkten nicht, dass der Mann mit blutüberströmtem Gesicht vor dem Seitenfenster der Fahrertüre stand, um diese aufzureißen. Erst als sich die Türe öffnete und der Mann nach Paulas Kehle griff, bemerkten sie die Gefahr. Schreiend trat Paula erneut aufs Gas und der Mann musste sich an der offenen Fahrertüre festhalten. Dieses Mal ging es rückwärts, da Paula zuvor zurückzusetzen wollte, um zu sehen, ob der Mann am Boden lag und bereits den Rückwärtsgang eingelegt hatte. So preschte der APE rückwärts mit offener Fahrertüre und der Mann hing daran wie eine Fahne im Wind. Da Paula nach hinten keine Sicht hatte, war die Fahrt bald zu Ende und sie krachten in einen Stapel mit aufgestapeltem Brennholz. Durch die Wucht des Aufpralls flog der Mann mit samt der Türe nach hinten.

Paula schaltete wieder in den Vorwärtsgang und fuhr ein paar Meter, bis sie einem anderen Wagen gegenüberstand und anhielt. Vorsichtig stieg Paula aus und spähte auf die Stelle, wo sie mit dem Holzstapel kollidiert war. Der dichte Nebel verhinderte aber die Sicht und so ging sie auf das Fahrzeug vor ihr zu. Sie konnte den Wagen nicht erkennen und schon gar nicht den Fahrer, der ebenfalls ausgestiegen war. Im neblige Licht ihrer Scheinwerfer sah sie nur Umrisse von ihm.

»Pass auf hinter dir!« Paula erkannte die Stimme von Sam und fuhr herum. Der Unbekannte stürmte humpelnd auf

Paula los. Sam fasste sich ein Herz, schob sich an Paula vorbei und riss den Mann zu Boden.

»So jetzt reicht's aber«, schrie er den Mann an, als er ihn auf den Boden drückte und seinen Arm in den Polizeigriff brachte.

27

Zwei Stunden später saßen Paula, Bojana und Sam in Wolldecken gehüllt in einem Verhörraum der Polizei, nachdem sie das eben Erlebte zu Protokoll gaben. Sanitäter hatten zuvor ihre Schürfungen und Wunden versorgt.

Sam und Paula zwinkerten sich von Zeit zu Zeit zu und Bojana erhielt Besuch von ihrer Mutter, die sie in ihre Arme schloss. Beim unbekannten Täter handelte es sich um ein Mitglied einer moldawischen Einbrecherbande, die Läden und Einkaufszentren ausspionierte und überfiel.

Bojana hatte das Bild des Mannes etwa zwei Wochen zuvor auf einem Fahndungsfoto der Polizei gesehen. Deshalb kam ihr der Mann bekannt vor. Die Polizei hatte zuvor einen zweiten Einbrecher in Sissach gefasst, der zur gleichen Bande gehörte. Die beiden Einbrecher waren sich laut Polizei in die Haare geraten, weil sich der eine beim Verteilen der Beute benachteiligt fühlte. In der Folge kam es bereits gestern in einer Bar in Sissach zu Handgreiflichkeiten. Der Allmend Markt war vermutlich das nächste Ziel der Bande. So hatte der eine dem anderen am Samstag aufgelauert und wollte ihn im Schuhladen mit einem Schnürsenkel erdrosseln. Das ging aber schief, weil Paula den Laden betrat und der vermeintliche Mörder den Laden verließ, in der Meinung seine Tat vollendet zu haben.

Das Opfer erlag bei der Attacke einen schweren epileptischen Schock und erlangte erst im Wald wieder sein Bewusstsein. Offenbar hatte ihn die Handymelodie und die Kälte aufgeweckt. Das Handy mit der Bonanza-Klingelmelodie gehörte ebenfalls zum Diebesgut der Bande. Der rechtmäßige Besitzer hatte versucht, durch regelmäßige Anrufe das Gerät orten zu können. Der Piaggio hatte durch den Aufprall in den Baum Totalschaden erlitten und musste abgeschleppt werden.

28

Wie eine schwere Decke legte sich die Müdigkeit über Paula. Die Augen fielen ihr ständig zu und als sie zur Seite kippte, schloss sie Sam in seinen Arm. Sie nickte sofort ein.

Um drei Uhr früh wurden sie von der Polizei entlassen und nach Hause geschickt. Sam brachte Paula bis vor deren Wohnungstüre, wo ein Säckchen Spitzbuben wartete. Das Zellophan Papier knisterte als sie das Säckchen anhob.

»Du warst heute schon einmal hier?« Paula schmunzelte und drückte ihm einen dicken Kuss auf die Wange.

»Das wäre ohne dich nicht gut ausgegangen. Wie kann ich dir nur danken?«

»Hast du ja schon«, erwiderte Sam und deutete auf die Stelle seiner Wange, auf welche Paula ihn zuvor geküsst hatte.

»Geh jetzt schlafen und ruh dich aus.«

»Sehen wir uns morgen?« Paula zwinkerte Sam wieder verführerisch zu. »Morgen? Denkst du wirklich ans Arbeiten?«

»Aber klar doch! Kein ,Winter-Gwärb-Sunntig' ohne Paula.« Sie stahl sich rückwärts durch die Türe. Sam schüttelte seinen Kopf. Seine Hände hatte er dabei auf seine Hüfte aufgestützt.

»Ich lade dich auf einen Glühwein ein«, sie zeigte auf das Säckchen mit den Spitzbuben und fügte an: »Und zu etwas Süßem.«

Ende

Dank

Ermöglicht wurde dieses Buch dank der Idee von Frau Nicole Buess, der Firma Spiess Schuhe-Freizeit-Lifestyle in Gelterkinden, mich am Winter-Gwärb-Sunntig 2017 in Gelterkinden im Laden mitwirken zu lassen. Selbstverständlich gilt mein Dank dem ganzen »Spiess-Team« rund um Herr Dieter Spiess und Frau Nicole Buess.

Dem Gmeiner-Verlag für die freundliche Genehmigung zur Realisierung diese Idee.

Meiner Familie danke ich für die Unterstützung bei der Umsetzung dieser spontanen Idee mit Korrekturen, Gestaltungstipps und dem Nachfüllen des Vorratregals mit meinem unentbehrlichen Dopingmittel. (Kambly Bretzel ☺).

Ihnen, liebe Leserinnen und Leser für ihre Unterstützung, ihr Lob, ihre Anregungen und ihre Kritik.

Ralf Weber wurde 1969 im Kanton Baselland geboren. Nach seiner Schulzeit und einer technischen Ausbildung verbrachte er mehrere Monate in den USA und absolvierte anschliessend diverse Weiterbildungen im technischen Bereich sowie in mehreren Fremdsprachen. Heute ist Ralf Weber Geschäftsleitungs- und Verwaltungsratsmitglied einer technischen Firma. Seine Freizeit verbringt Ralf Weber gerne mit seiner Familie, mit Sport, Lesen und Schreiben, mit Fremdsprachen und der Aviatik. Das Schreiben von Romanen und Gedichten fasziniert ihn seit seiner Jugend. In der Natur, speziell in den Bergen beim Wintersport, lässt er sich gerne von neuen Ideen inspirieren. Ralf Weber lebt in der Nordwestschweiz.

Weitere Informationen:
https://www.Facebook.com/Ralf-Weber-110248659034054/
http://www.gmeiner-verlag.de/autoren/autor/742-ralf-weber.html

ISBN 978-3-8392-1933-1

Blinder Passagier - In der Anflugschneise des
Zürcher Flughafens wird ein Toter gefunden. Die
Flughafenpolizei glaubt zunächst an einen
blinden Passagier, der im Fahrwerk eines
Flugzeuges mitgereist ist. Kommissar Frank
Studer beweist aber bald das Gegenteil und
beginnt mit seiner jungen Kollegin Mia Helbling
mit der Aufklärung eines brutalen Mordes. Die
Ermittlungen führen sie in die gegensätzlichsten
Gegenden der Schweiz.

ISBN 978-3-8392-2161-7

Eiskalt erwischt - In der Nähe eines bekannten Skiresorts in den Walliser Alpen wird kurz vor Beginn der neuen Wintersaison die entstellte Leiche eines Bankers gefunden. Kommissar Frank Studer wird mit den Ermittlungen beauftragt und richtet sich mit seinem Team im Wallis ein. Der Fall scheint schon fast geklärt, als inmitten der grandiosen Bergwelt Ungeheuerliches geschieht. Nur langsam kommt Studer einer Verschwörung auf die Spur, die ihn in tödliche Gefahren und immer schwindelerregendere Höhen führt.